KB273149

나는 일상에서
멀어지기로 했다

나는
일상에서
멀어지기로
했다

편석환 지음

묵언의 편석환 교수
10년 만의 소통

가디언

일상에서 멀어지는 것은?
자신에게 더 가까워지는 것이다.

마지막 페이지를 덮는 순간
두근거리는 새로운 일상이 시작될 것이다.

10년 전쯤이다.

성대종양으로 시작한 43일간의 묵언 기록인 『나는 오늘부터 말을 하지 않기로 했다』가 세상에 나왔다. 예상보다 세상의 크나큰 관심과 독자들의 사랑을 받았다. 그 이후로 수많은 출판 제의를 받았지만 전부 거절했다. 부담 때문이었다. 그래도 10년간 꾸준히 생각의 편린(片鱗)들을 기록하는 것을 게을리하지 않았고 강산도 변한다는 10년이 지난 지금, 부담을 털고 다시 세상과 소통하고자 나왔다.

쉬운 일인데 쉽지 않았다. 우리 일상(日常) 또한 늘 그랬다. 가만히 있기가 더 어려워진 일상 역시, 쉬운데 쉽지 않았다. '어떻게 하면 쉽지 않은 일상을 잘 살아갈 수 있을까?'에서 시작된 고민은 일상에서 멀어짐으로 일상을 잘살 수 있다는 역설적 결론에 다다르고 있었다.

드라마 '나의 아저씨' 대사처럼 "성실한 무기수"마냥 일상을 살아가더라도 그 안에서 뭉클함을 느끼고 싶었고 나름의 '에지 (Edge)'를 갖고 싶었다.
일상을 어떻게 살든 크고 작은 굴곡 속에서 시간은 흘러간다. 흘러가는 시간 속에서 뭔가를 느끼고 싶었다. 살아있다는 것의 마지막 자존심 한 조각 같은 것이었다.
관계의 소음, 반복의 피로, 그 틈에서 피어나는 일상의 온기를 글로 담고 싶었다.

일상에서 멀어진다는 것은 역으로 일상과 더 가까워지고 싶고 일상을 더 잘살고 싶은 절실함이었다. 일상의 성실함이 더 이상 무기가 되지 않는 세상에서 작지만 숨통이 되고 싶었다. 힘든 일상을 꾸역꾸역 살아가는 오늘의 세대에게 자그마한 위안 이라도 되고 싶었다.

힘든 세상에, 모든 일상에 이 말은 꼭 해주고 싶었다.
'괜찮다.'

1장

일상에서의
단상(斷想)

우리는 매일,
일상에서 조금씩 멀어지고 있다

삶의 끝은 결국 일상과의 이별이다.

일상에서 멀어지는 것이 쉽지 않은 이유는

일상과의 이별, 곧 죽음이라는 근원적 공포가

우리 삶에 내재되어 있기 때문일 것이다.

그럼에도 불구하고

우리는 끊임없이 일상과 멀어지는 연습을 해야만 한다.

결국 그것이 일상과 가까워지는 삶이기 때문이다.

2

우리는 죽을지 뻔히 알면서도

일상을 참 치열하게 살아간다.

그것이 일상이고, 인생이다.

3

나의 소원,

'오늘은 아무 일도 일어나지 않았습니다'라는

뉴스를 일상에서 들어보는 것.

일상을 살다 보면, 빨리 가야 할 때가 있고

멀리 가야 할 때가 있다.

상황에 맞게 어떻게 갈지를 잘 판단해야 한다.

빨리 가려거든 최대한 가볍게,

멀리 가려거든 최대한 무겁게 가야 한다.

빨리 가려거든 혼자서 가고,

멀리 가려거든 여럿이 함께 가는 것이 좋다.

일상이 단조롭고 지루하다 싶을 때, 감사함을 가져야 한다.

그 단조로움과 지루함은

당신이 그렇게 찾던 평온한 일상의 또 다른 이름이다.

일상이 단조롭고 지루하다 싶을 때, 감사함을 가져야 한다.

그 단조로움과 지루함은

당신이 그렇게 찾던 평온한 일상의 또 다른 이름이다.

말과 관계.

반말은 관계를 반(反)하게 하고

존댓말은 관계를 존(尊)하게 한다.

일상에서의 말 한마디는 나의 사람 관계를 좌우한다.

우리는 평범한 일상을 살아가는 것 같지만

속내를 들여다보면 평범하지 않게 살아가고 있다.

이미 복잡해진 일상은 오히려 우리의 삶을 짓누른다.

일상도 단순해져야 한다.

일상이 그냥 하루하루 사는 거지.

특별한 게 뭐 있나.

그게 특별한 거지.

나는 일상에서
멀어지기로 했다

(9)

일상의 낯섦은 두려움이다.

일상의 설렘은 기대이다.

난 오늘도 설렘을 안고 일상의 공포 체험에 나선다.

낯섦과 설렘의 차이는 종이 한 장에 불과하다.

(10)

힘든 일상에서,

끝이 보이지 않는 마음에서,

잠시 숨을 고르고

한 걸음 멀어져보자.

계절에는 냄새가 있다.

계절의 변화를 냄새로 알 수가 있다.

사람에게도 냄새가 있다.

삶이 깊어질수록 향기가 나는 사람이 있는가 하면

악취가 더해지는 사람이 있다.

사람의 냄새는 그 사람이 살아온 일상을 얘기해 준다.

향기로운 사람이 되어야 한다.

아님 말고.

그럼 어때.

일상의 간단한 지침이다.

혼자 있는 시간에 익숙해져야 한다.

혼자 있는 시간을 잘 보내는 사람의 일상은

더욱 풍부하고 아름다워진다.

잘 모르는 사람들에게는 잘해주면서

정작 소중한 사람은 함부로 대한다.

가까운 사람에게 잘해줘야 한다.

있을 때 잘하자.

일상도 그렇다.

가까이 있다고 함부로 해서는 안 된다.

"인정함이 많을수록 새로움은

점점 더 멀어지고

그저 왔다갔다 시계추와 같이

매일 매일 흔들리겠지."

김광석 님의 '일어나'라는 노래의 일부분이다.

일상을 살다 보면 이러저러한 이유로

인정하지 말아야 할 것들도 인정하게 되는 경우가

종종 있는 것 같다.

김광석 님이 우리의 일상에 '일어나'라고 외치시는 것 같다.

아는 것과 모르는 것의 차이는 의외로 크다.

아는 만큼 보이는 것이다.

보는 것의 깊이와 수준이 달라진다.

오늘 모네(Claude Monet)를 봤다.

경유라는 것.

누군가를, 무엇인가를 거친다는 것이

직접 하는 것보다 번거롭고 불편하다는 생각이었다.

그 역시 일상에서의 또 다른 편견이었다.

경유도 하기 나름이다.

18

오늘은 일과를 마치고 맥주를 한 잔 했다.

맥주와 사람이 비슷하다는 생각을 했다.

달다.

쓰다.

향이 있다.

19

일상에서 무언가를 시작한다는 것도 쉬운 일은 아니지만

시작한 일의 끝을 보기란 더더욱 어려운 것 같다.

그 일이 무엇이든, 끝을 본 사람은 대단하다.

20

산책하다 꽃봉오리를 만났다.

만개를 하지 않아도

꽃은 이쁘구나.

피지 않은 꽃이 더 이쁘다.

피지 않은 일상이 더 이쁘다.

밝음과 어둠.

일상에서 늘 있는 일이지만

극명하게 목도를 하게 되면 불편함은 이루 말할 수가 없다.

중용이 가능한 일일지 모르겠다.

극과 극, 무엇으로 극복할 수 있을까?

뉴욕의 지하철에 덩치가 크고 험악하게 생긴

구걸을 하는 사람이 탔다.

낯선 곳의 지하철은 나를 더욱 위축되게 만들었다.

모두가 외면하고 불편해하는 눈길이 느껴졌는데,

한 젊은 여성이 조용히 가방에서 본인의 샌드위치를 꺼내어

구걸하는 사람의 어깨를 툭툭 치더니 그 사람에게 주는 것이다.

아름다웠다.

우연한 일상이 전해 준 부끄러움과 깨달음.

그날은 하루 종일 그 장면이 떠나지 않았다.

범사에
감사

(23)

"Imagine all the people

Sharing all the world

You may say I'm a dreamer

But I'm not the only one

I hope some day you'll join us

And the world will live as one"   The Beatles - 'Imagine'

비틀스의 노래를 들으며 요즘 같은 일상에서 몽상가를 꿈꿔본다.

위대한 자연 앞에

인간은 얼마나 작은 존재인가?

참 뻔한 얘기지만

위대한 자연 앞에 서면 뻔하지 않게 된다.

일상을 겸손하게 살아갈 일이다.

일상에서 이러지도 저러지도 못하는 막막한 상황을 만나면

어찌할 바를 모를 때가 있다.

그렇게 길이 보이지 않을 때는 정면돌파(正面突破)가

길을 만들어 줄 때가 있다.

천 개의 섬,

모양도 크기도 다 제각각이지만

각자의 위치에 있으면서 나름 각자의 역할을 하고 있다.

어우러짐이 아름답다.

우리 일상도 닮아 있다.

자신의 주장을 한다는 것.

아집일까? 주체적인 것일까?

그것을 구분해 주는 것은 그 무엇도 아닌 당당함인 것 같다.

일상을 당당하게 살아야겠다.

나는 일상에서
멀어지기로 했다

공포가 엄습해 온다.

무엇에 대한 공포인가?

생명의 위협에 대한 공포?

내가 가진 것을 잃을 수 있다는 공포?

도대체 우리는 일상에서 무엇을 두려워하는 것일까...

of the sons of Shephatiah; Zeb-
the son of Michael, and with him
male males.
the sons of Joab; Obadiah the son
and with him two hundred and
males.
of the sons of Shelomith; the son
phiah, and with him an hundred
reescore males.
of the sons of Bebai; Zechariah
son of Bebai, and with him twenty
ight males.
of the sons of Azgad; Johanan

river of
selves before our God, to seek of him a
right way for us, and for our little ones,
and for all our substance.
22 For I was ashamed to require of the
king a band of soldiers and horsemen to
help us against the enemy in the way:
because we had spoken unto the king,
saying, The hand of our God is upon all
them for good that seek him; but his
power and his wrath is against all them
that forsake him.
23 So we fasted and besought our God
for this: and he was intreated of us.

일을 하다 보면 실수하고 잘못한 것인데

오히려 결론이 더 좋아질 때가 있다.

끝까지 가봐야 안다.

지금 좋다고 끝까지 좋은 것도 아니고

지금 안 좋다고 끝까지 안 좋은 것도 아니다.

끝을 알 수 없어서 일상이 참 다행인지도 모른다.

30

나는 지금 비 오는 퀘벡(Québec)을 달리고 있다.

며칠 전만 해도 강남의 빌딩 숲에 있었다.

일상에서 문득 어딘가 가고 싶거든

도깨비 문을 열고 나가자.

31

사람은 저마다의 색을 지니고 있다.

삶의 가치는 다양하다.

일상에서 다름을 인정하고 이해하는 것은 매우 중요한 일이다.

아름다운 사람의 무지개를 보았다.

32

단면을 보고 전체를 평가하는 오류를

일상에서 많이 범하는 것 같다.

어리석은 것 같지만, 직접 경험을 통해 전체를 보려는 노력은

매우 중요한 일인 것 같다.

그것이 소중할수록 더욱 그렇다.

33

만나면 헤어짐이 있고

갔으면 돌아와야 하는 것이

여행과 일상의 진리다.

일상은 기다림의 연속이다.

음식을 기다리고

버스를 기다리고

사람을 기다리고

때를 기다리고...

35

혼자 하는 여행도 좋지만

같이 하는 여행 역시 매우 좋은 경험을 제공한다.

특히, 같이 여행하는 사람들이 즐거워하고 행복해할 때

그 여행은 인생 최고의 여행이 된다.

일상도 그렇다.

36

일상에서 미니멀화(Minimal化)가 다양하게 추구되고 있다.

이제는 관계의 미니멀화를 생각하고 실천할 때다.

그래야 나 자신과의 관계에 더 집중할 수가 있고

다른 사람과의 관계 역시 더 좋아진다.

모든 것을 다 걸고 해보면 될 줄 알았는데

사랑, 참 어렵다.

만나다 보면 알 줄 알았는데

사람, 참 어렵다.

살다 보면 익숙해질 줄 알았는데

일상, 참 어렵다.

도토리가 굴러 여행을 떠난다.

열심히 사는 개미 아저씨를 만나서

열심히 사는 게 뭔가요?

낙엽 할머니도 만나서

인생이 뭔가요?

의문의 연속일지라도

그래도 살아서 계속 굴러야 한다.

그렇게 일상을 살아야 한다.

일상에서 누군가한테든 꼭 듣고 싶은 말,

지금까지 잘해왔고

네 마음대로 해!

괜찮아!!

봄이 주는 감동은 언제나 한결같다.

차가운 겨울을 이겨내고 기어이 꽃을 피우는 감동은

흔하지만 흔하지 않음이다.

한결같다는 것. 참 멋진 일이다.

우리의 한결같은 일상도 봄처럼 참 멋지다.

관계(relation) + 미니멀리즘(minimalism)

= 리니멀리즘(renimalism), 미니멀레이션(minimalation)

내가 조합해서 새롭게 만든 단어이다.

관계의 최소화, 일상에서 인간관계의 해답이다.

우리는 일상에서 나보다 남을 더 의식하며 산다.

남보다는 나를 더 의식하고

스스로를 더 경계하며 살아야 한다.

43

관계의 시작과 끝은 나다.

누구누구 때문에 어땠다가 아니고

모든 관계는 나 때문이고 내가 만든 것이다.

일상의 모든 관계는 내 책임이다.

44

'무슨 일 있어?' '날씨가 좋네.'

가끔 질문과 전혀 다른 엉뚱한 답이 돌아올 때가 있다.

그것은 그 사람의 일상에 뭔가 문제가 생긴 것이다.

그때는 그 사람 곁에 있어 주어야 한다.

나는 일상에서
멀어지기로 했다

"살면서 듣게 될까? 언젠가는 바람의 노래를~

세월 가면 그때는 알게 될까? 꽃이 지는 이유를~

나를 떠난 사람들과 만나게 될 또 다른 사람들

스쳐가는 인연과 그리움은 어느 곳으로 가는가?

나의 작은 지혜로는 알 수가 없네.

내가 아는 건 살아가는 방법뿐이야.

보다 많은 실패와 고뇌의 시간이

비켜갈 수 없다는 걸 우린 깨달았네.

이제 그 해답이 사랑이라면

나는 이 세상 모든 것들을 사랑하겠네."

퇴근하고 집에 와서 조용필의 '바람의 노래'라는

노래를 듣고 있다.

소주 한잔 해야겠다.

명불허전(名不虛傳), 이름값 한다는 말이 있다.

일상에서 그 명성에 걸맞지 않아 보일 때도 있다.

첫인상에 속지 말아야 한다.

겉이 아니라, 순간이 아니라, 속내를 봐야 한다.

이름값은 한다.

남의 실수에 대해서는 그럴 수 있지 관대하면서도

자신의 실수에 대해서는 너무 엄격하다.

세상에서 가장 소중한 관계는 나 자신이다.

자신에게 관대해라.

일상도 그렇다.

내 일상에도 관대해야 한다.

네 편이 되어줄게.

그냥 네 편이 되어줄게.

그대로.

있는 그대로...

일상이 든든하다.

모든 일에 시간이 필요할 때가 있다.

사람 관계도 마찬가지다.

일상도 마찬가지다.

일상에서 사람을 만나다 보면

'열정이란 것이 있었던 적이 있기는 할까?'라는

생각이 드는 사람이 있다.

영혼과 열정이 빠져나간 사람의 일상은

그야말로 옆에서 지켜보는 사람도 힘이 든다.

좀비가 아닌 사람으로 일상을 살아야 한다.

우린 일상을 열심히 살면서

매일 어디를 향해 가는 걸까?

그 끝엔 무엇이 있을까?

끝을 알지 못하고 열심히 가는 일상보다는

방향을 잡고 가는 일상이어야 한다.

52

기분에 따라 태도가 바뀌는 사람들이 있다.

기분에 따라 휘둘리는 태도가 아닌

흔들리지 않는 묵직함으로 일상을 살아야 한다.

(53)

"자기변화는 인간관계로 완성되며

인간관계의 최고 형태는 입장의 동일함이다."

신영복 선생의 『담론』에 나오는 구절이다.

선생님이 그립다.

(54)

바쁜 일상을 살면서 잠깐씩 시간을 내어주는 것이

얼마나 고마운 일인 줄 몰랐다.

내 급함만 보고 상대의 마음을 못 봤다.

새삼, 미안하고 고맙다.

일상에서 변화하고 싶다면,

내가 노력해서 변화가 어려운 것보다는

내가 노력해서 변화가 가능한 것을 하는 게 좋다.

평소엔 새벽이 밝아온다는 생각이었는데

오늘은 어째 새벽이 깊어간다는 생각이다.

내가 깊어가는 것인가...

사람도 욕심이다.

일상도 욕심이다.

일상도 사람 관계도 잘하고 싶다면

욕심을 버려야 한다.

"행복의 90%는 인간관계에 달려있다."

쇠렌 키에르케고르(Søren'Kıərkəgaːrd)가 한 말이다.

키에르케고르 선생의 말이 맞다.

일상도 인간관계에 달려있다.

나는 일상에서
멀어지기로 했다

우리는 저마다 각자의 무게를 지고 살아간다.

그 무게는 연륜에 따라 더해짐이 아니라

각자의 상황에 따라 무게를 달리한다.

삶의 기간과 삶의 무게는 비례하지 않는다.

일상은 삶의 무게를 견디며 사는 것이다.

크든 작든 각자의 무게를 견디며 사는 것이다.

살다 보면 참 고마운 사람이 많다.

살아가는 게 버거울 때 고마운 사람들이 힘이 되고

그로 인해 살아갈 때도 있다.

그래서 나도 일상을 살아가는 누군가에게

고마운 사람이고 싶다.

뭐든 그냥 되는 것은 없다.

쌓이고 쌓여 이루어지는 것이다.

그냥 되면 그게 이상한 거다.

일상에서 그냥 되는 일이 있거든 경계하며 돌아보아야 한다.

나는 일상에서
멀어지기로 했다

일상에서 자기 자신에게 집중하는 시간이 얼마나 될까?

오늘의 나의 몸과 마음의 상태를 잘 들여다보고

스스로 자신을 돌아보며

자신에게 주어진 일상을 소중히 할 줄 알아야 한다.

그래야 타인의 일상도 소중함을 진정으로 알게 된다.

일상을 살아가는 데 다행스러운 것은,

불행을 치유받기 위해서 그만큼의 행복이 필요치 않다는 것이다.

작은 행복도 큰 불행을 치유해 줄 수 있다.

큰 불행의 굴레를 치유해 줄 수 있는

작은 행복을 일상에서 찾아보자.

산에 사는 사람에게 해는 산에서 떠서 산으로 진다.

들에 사는 사람에게 해는 들에서 떠서 들로 진다.

섬에 사는 사람에게 해는 바다에서 떠서 바다로 진다.

설원에 사는 사람에게 해는 눈밭에서 떠서 눈밭으로 진다.

각자의 일상은 다른 것 같지만 본질은 같다.

"나는 아무것도 바라지 않는다.

나는 아무것도 무서워하지 않는다.

나는 자유다."

니코스 카잔차키스($N\acute{\iota}\kappa o\varsigma\ K\alpha\zeta\alpha\nu\tau\zeta\acute{\alpha}\kappa\eta\varsigma$)의 묘비명이다.

그리스인 조르바를 통해 얘기하고 싶었던 자유를

그는 죽어서 누리고 있을까?

나도 자유다.

나에게 별거 아닌 것이

타인의 일상에는 크게 영향을 미칠 수 있다.

사소하다고 무시하지 말고

좋은 영향을 미칠 수 있는 것은 적극적으로 하는 게 좋다.

그 좋은 영향이 나에게 더 크게 돌아올 것이기 때문이다.

매일 똑같은 일상이라고 해서 힘들지 않은 것은 아니다.

환경도 사람도 늘 같을 수 있지만

일상의 힘듦은 늘 새롭다.

나는 일상에서
멀어지기로 했다

오늘 천사를 보았다.

남의 아픔에 진심인 사람

남의 생명에 진심인 사람

자신의 사명에 진심인 사람

그런 사람이 우리 일상에 있었다.

그럼에도 불구하고 살아야 한다.

그것이 일상이다.

70

거센 비바람에도 꿋꿋이 버티던 나뭇잎들이

작은 바람에 속절없이 비 내림을 한다.

낙엽을 떨구는 것은 바람이 아니라 시간이었구나.

71

빛이 있을 땐 아름다운 풍경이지만

빛이 없을 땐 그저 어둠일 뿐이다.

사람도 그렇다.

우리 일상도 그렇다.

72

물은 흐르는 곳에서는 흐르고 멈추는 곳에서는 멈춘다.

물은 흐르는 대로 산다.

우리 일상도 그렇게 살 일이다.

73

오대산 상원사에서 크리스마스 캐럴을 들었다.

고즈넉한 산사의 풍경 소리와 크리스마스 캐럴,

생각보다 잘 어울린다.

우리 일상도 그렇게 잘 어울리면서 살면 좋겠다.

74

타협이 부끄러운 것이 아니다.

끊임없이 타협하며 살아가는 것이

포기하는 것보다 훨씬 나은 삶이다.

일상을 버티며 살아가는 것도 일상을 사는 방법이다.

75

고요함은 평화와 안정을 준다.

고요함이 제공하는 가치는 때론 상상 그 이상이다.

고요함 속으로 자신을 침잠시킬 때 오는 평온이란...

가끔은 일상에서 고요함 속에 자신을 두자.

잘 살아왔다.

잘 살고 있다.

뭔가 아쉽다.

그래도 잘 살아갈 것이다.

나는 일상에서
멀어지기로 했다

"삼인성호(三人成虎)"라는 말이 있다.

이 말은 근거 없는 말이라도 여러 사람이 반복하면

진실로 믿게 되는 현상을 비유한 고사성어다.

무엇이 진실이고 거짓인지.

다수가 말하는 것이 무조건 옳은지,

요즘 우리 일상에서도 되새겨볼 말이다.

일상을 살다 보면 가끔 헷갈리는 순간이 온다.

내가 살아가는 건지, 살아지는 건지..

마음을 단단히 먹고 일상을 살아가야 한다.

누군가에게 무엇인가 기대한다는 것은

스스로를 의존적으로 만든다.

주체적인 삶과는 거리가 생기는 것이다.

기대라는 말은 설레는 단어이기도 하지만

내 일상을 의존적으로 만들 수도 있다는 것을 명심할 일이다.

80

외로워서 먹는다.

외로워서 걷는다.

외로워서 스마트폰을 뒤진다.

일상이 외롭다.

외로움, 반갑지는 않지만 꼭 나쁘지만은 않다.

81

모두가 만족하는 일상을 꿈꾸며 살아가지만

만족을 쫓다 보면 다람쥐 쳇바퀴 돌듯 일상에 지치게 된다.

만족을 추구하기보다 지금의 일상에 흡족해하며

흡족한 일상을 추구하는 것은 어떨까.

나를 아껴주고

나를 사랑해 주는

나의 사람들과 일상을 아름답게 살아갈 일이다.

세상이 점점 뾰족해지고 있다.

뾰족함에 찔릴까 위축되기도 하고 두렵기도 하다.

그래도 아직은 따뜻하고 살 만한 세상이다.

나부터 일상에서 누군가를 찌르지 말고 살 일이다.

나는 일상에서
멀어지기로 했다

84

꽃은 아름답다.

단풍도 아름답다.

아이의 통통한 볼 살도 아름답다.

사랑하는 사람의 미소도 아름답다.

꼭 꽃이 아니어도 일상에 아름다운 것이 많다.

맛있는 음식을 얘기할 때,

제철 음식을 제일 맛있는 음식으로 꼽는다.

살아가는 데도 나이에 맞게 살아가는 것이 좋고

사람 관계도 나에 맞는 관계가 좋다.

제철 음식이 맛있는 것은 그때에 맞기 때문이다.

제철 음식을 먹듯, 일상도 지금의 나에게 맞게 살아야 한다.

나는 일상에서
멀어지기로 했다

멋진 풍경을 보면

사랑하는 사람과 같이 보고 싶다는 생각을 한다.

맛있는 음식을 먹으면

사랑하는 사람과 같이 먹고 싶다는 생각을 한다.

일상을 그렇게 보낼 일이다.

사랑하는 사람은 당신 곁에 있다.

안 좋은 일이 생겼을 때 대부분은 '~ 때문에'라는 말을

자주 사용한다.

반면에 좋은 일이 생겼을 때는 '~ 덕분에'라는 말을 사용한다.

우스갯소리로 '잘되면 내 탓, 안되면 남 탓'이란 말도 있다.

'남 탓을 하지 말고 내 탓이네.' 하고 일상을 살 일이다.

자부심이란 어디서 오는 것일까?

자부심은 키워지는 것이고

커진 자부심은 일상을 살아가는 데 매우 중요하다는 생각이다.

좋은 사람한테는 안 좋은 일이 생기고

나쁜 사람한테는 행운이 따르는 경우를 보면서

사는 것이 불공평하다고 느낄 때가 있다.

인생은 길다.

순간으로 전체를 평가할 수 없고

지금 좋은 것 같아도 끝까지 좋으리란 법도 없다.

그저 최대한 일상을 좋게 살아야 한다.

그러면 된다.

누구나 실수는 한다.

실수를 했다는 것은 무엇인가 했다는 뜻이다.

실수를 하지 않았다는 것은

새로운 것을 하지 않았다는 뜻이기도 하다.

실수를 염려하지 말고

일상에서 새로운 시도를 멈추지 말아야 한다.

일상에서 우리는 누군가에게 상처를 입히고,

상처를 입고 살아간다.

상처를 준 누군가에게든, 상처를 입은 내 스스로에게든

용서를 구하며 일상을 살아야 한다.

우리 일상이 계획된 대로만 살아지는 것이 아니라는

평범한 진리를 깨닫는 데 시간이 오래 걸리지 않았다.

그럼에도 계속해서 일상을 계획하며 산다는 것이

아이러니가 아닐 수 없다.

계획한 대로 일상이 살아지든

계획과는 다른 방향으로 살아지든

당황하지 말고 차분하게 살아갈 일이다.

계절에는 색이 있다.

철에 따라 그에 맞는 색깔이 있다.

철에 맞는 색이 아름답고 그게 순리다.

사람에게도 색이 있다.

나이 들어감에 따라 나이에 맞는 색깔이 있다.

나이에 맞는 색이 아름답고 그게 순리다.

일상도 나에 맞는 색깔대로 살 일이다.

94

달도 차면 기운다.

그런데 또 채워진다.

우리 일상과 닮아있다.

95

우리는 평화를 갈구하며 일상을 산다.

이웃의 평화를..

조국의 평화를..

세계의 평화를..

다 중요하고 좋은 일이지만

내 안의 평화를 구하는 것이 무엇보다 중요하다.

지나온 날들 속, 기억나지 않는 수많은 페이지,

그렇게 별일 없던 일상을 떠올리며

감사히 살아야겠다.

일상을 살다 보면 불안이 몰려올 때가 있다.

그때마다 자신을 믿어라.

설령 자신의 뜻대로 되지 않았다 하더라도 괜찮다.

그래도 된다.

다시 하면 된다.

괜찮다.

나는 일상에서
멀어지기로 했다

일상은 어찌 보면 만나고 헤어짐의 연속인 것 같다.

새롭게 사람을 만나기도 하지만 헤어지기도 많이 한다.

헤어지는 것을 두려워할 일이 아니다.

새로 만나는 것도 두려워 할 일이 아니다.

어차피 갈 사람은 가고 올 사람은 온다.

"인간은 인간다워지기 위해 사유해야 한다."
아르투어 쇼펜하우어(Arthur Schopenhauer)의 일갈이다.

우리는 인간다워지기 위해 생각해야 하고
인간다운 일상을 살아야 한다.

일상을 살아가는 누구나

사연 하나쯤은 가지고 산다.

말을 함부로 하지 말아야 하는 이유다.

어느 한 분야에서 일가를 이루었다면

'장인(匠人)'이란 칭호를 붙여 준다.

달리 얘기하면 한 분야에서 본인만의 고집스러움으로

살아왔다고 해야 할 것이다.

힘들지만 고집스럽게 살아온 외길의 끝에

존경과 인정이 있는 것이다.

나도 내 분야에서 일상을 고집스럽게 살고 있는지...

내 것과 네 것.

소유와 일상은 밀접하게 연결되어 있는 것 같다.

소유라는 것이 일상을 지배하게 되면

일상은 소유를 쫓아가는 일상이 되고

존재라는 것이 일상을 지배하게 되면

일상은 존재 그 자체로 의미 있게 된다.

103

일상에 지쳤을 때,

벗어나고 싶어서 생각도 많이 하고

즐거운 상상도 많이 한다.

때론 계획을 세워 일상에서 멀어지기도 한다.

실행이 답이다.

104

기본에 충실할 일이다.

일상도 기본이다.

하루는 무슨 일이 있어도 24시간이다.

비바람이 불든지 햇살이 비추든지 날은 저물고 하루는 간다.

정해진 일상을 산다는 것은 힘든 일이기도 하지만

끝이 있다는 것은 좋은 것이기도 하다.

아무리 힘이 들어도 오늘은 저물고 내일이 시작되기 때문이다.

몸이 아프다.

빨리 낫고 싶다.

격하게 일상을 살고 싶다.

일상을 잘 살고 싶은 절실함이 있다면

일상과 멀어질 때,

일상은 내 삶이 되고

일상은 비로소 내 것이 된다.

윤슬을 참 좋아한다.

물에 반사되는 반짝임을 보면

일상이 아닌 다른 세계의 평안함과

추억으로의 여행을 주기 때문이다.

가을 햇살에 반짝이는 나뭇잎을 보았다.

물이 주는 반짝임과는 다른 속삭임과 신비로움을 선사해 주었다.

햇살과 반짝이는 나뭇잎의 속삭임,

일상에서 멀어지기에 그것이면 충분했다.

매일이 똑같은 하루 같지만

똑같은 하루는 없다.

우리는 어제와 같은 일상을 산다고 생각하지만 그렇지 않다.

그렇게 우리는 매일, 일상에서 조금씩 멀어지고 있다.

하루하루를 일상에 매몰되지 않고

살아야 하는 이유다.

2장

일상에서
멀어지기

가끔은 여유를 가지고
대충 살아보는 것도 괜찮다

(110)

인생, 참 허무하다.

그렇다.

그것이 일상에서 멀어져야 하는 이유다.

(111)

누구나 살면서 자유를 꿈꾼다.

진정한 자유를 느끼고 싶다면 간단하다.

일상에서 멀어지면 된다.

일상에서 멀어지기 위해 필요한 것은 무엇일까?

돈?

시간?

자유?

일상에서의 멀어짐이란 그리 거창한 것이 아니다.

그저 멀어지면 된다.

113

나만의 개성을 찾아가는 일,

그것은 나만의 정체성을 찾는 것과 같은 일이다.

트렌드라는 이름으로 획일화되어 있는 속에서

나를 찾는, 나만의 개성을 찾는 것.

그것이 일상에서 멀어지는 것이다.

114

일상에서 늘 이용하던 지하철 대신 어쩌다 버스를 타게 되면

평소 못 보고, 못 느끼던 새로움이 들어온다.

그저 이동 수단 하나 바뀌었을 뿐인데 하루가 새롭다.

그것이 일상에서 멀어지는 것이다.

$$115$$

뭔가 하고 싶은 마음이 든다면 미루지 말고

지금 바로 해야 한다.

그것이 일상에서 멀어지는 것이다.

$$116$$

우리는 거의 매일 같은 공간 속에서 생활하며 살아간다.

다른 공간으로의 이동은

그저 공간의 단순 이동을 의미하는 것이 아니다.

공간의 문제가 아니라 정형화된 틀에서 벗어나는 일이고

자기 자신을 찾는 문제다.

정형화된 공간에서 벗어나 본인 스스로의 공간을 찾아가는 것,

그것이 일상에서 멀어지는 것이다.

허기만 채우기 바쁜 일상에서

맛집을 찾아 맛있는 음식을 천천히 즐기는 것.

기분 좋아지는 맛을 느끼는 것.

그것이 일상에서 멀어지는 것이다.

사람에 대해 실망했을 때 보통은 지긋지긋하다며

인간 관계를 청산하려고 한다.

관계의 청산보다는 관계를 재정립해야 한다.

거대화, 분산화되어 있는 관계를 지양하고

진솔하고 끈끈한 관계를 지향하는 것.

그것이 일상에서 멀어지는 것이다.

나는 일상에서
멀어지기로 했다

일상에서 늘 만나던 사람 외에

새로운 사람을 만나게 되면 그 자체로 반갑기도 하다.

새로운 사람과의 만남, 그 만남에 최선을 다하는 것.

그것이 일상에서 멀어지는 것이다.

모로코 메디나의 복잡한 뒷골목은

잠시 한눈을 팔면 길을 잃기 십상이다.

한번 길을 잃고 나면 다시 길을 찾는 것은 더욱 어려워진다.

어렵고 복잡한 길을 든든하고 친절한

요셉 아저씨 덕분에 즐길 수 있었다.

아프리카의 어느 골목에서 만난 생각지도 못한 친절이었다.

일상을 살다 보면 메디나의 골목과 같이 길을 잃을 때도 있다.

누군가의 친절이, 나의 친절이,

일상에서 길을 잃은 사람에게 길을 찾아줄 수도 있다.

길을 잃은 사람에게 친절을 베푸는 것.

그것이 일상에서 멀어지는 것이다.

일상에서 행복하다고 말을 해본 적이 있는가...

'소확행'이라는 말도 있지만

실제 일상에서 무엇인가를 먹거나 보거나 행할 때,

행복하다는 말을 하는 경우가 드물다.

말 그대로 소소하지만 일상에서 행복을 느끼는 것.

그것이 일상에서 멀어지는 것이다.

일상에서 별을 본 적이 있는가...

여행을 가서도 별이 예쁘다는 곳에 가서야

겨우 하늘을 올려다볼 뿐이다.

꼭 별이 아니더라도 하루에 하늘을 몇 번이나 보고 사는가..

하루에 한 번이라도 하늘을 보는 것.

그것이 일상에서 멀어지는 것이다.

일상에서 잠깐 멈춰 서서 숨을 골라본 적이 있는가...

일상에서 우리의 모습은 무엇이 그리 바쁜지

무서운 기세로 살아간다.

잠시 멈추고 숨을 골라보자.

그리고 한 호흡 쉬어가자.

그것이 일상에서 멀어지는 것이다.

일상에서 낮술을 마셔본 적이 있는가...

똑같이 마시는 술인데 낮술은 저녁 이후에 마시는 술과는

다른 느낌이 있다.

거나하게 취할 일은 아니지만 간단하게 낮 술 한잔 즐겨보는 것.

그것이 일상에서 멀어지는 것이다.

나는 일상에서
멀어지기로 했다

125

일상에서 평안하게 잠을 자본 적이 있던가...

대청마루가 아니더라도

당산나무 아래 평상이 아니더라도

시간과 장소에 상관없이

편안하게 한숨 자보자.

그것이 일상에서 멀어지는 것이다.

일상에서 멀어진다는 것은 편견에서 멀어진다는 것이다.

보이는 것이 전부가 아니고 내가 아는 것이 전부가 아니다.

알량한 지식으로 모든 것을 판단하고 단죄할 일이 아니다.

지금은 강하게 자기주장을 하는 사람들이 주도하고

잘사는 세상인 것 같지만

유연한 사고와 생각이 매우 중요하다.

그것이 진정한 자신과 타인에 대한 배려다.

어떤 상황에서든 '그럴 수도 있지'라는 생각을 가져야 한다.

그럴 수도 있지.

그것이 일상에서 멀어지는 것이다.

일상에서 멀어진다는 것은 타인의 시선에서 자유로워지는 것이다.

우리는 타인의 시선에 사로잡혀 살아가는 일이 많다.

내가 무언가를 했을 때,

'남이 나를 어떻게 생각을 할까'라는 생각을 많이 한다.

그럴 일이 아니다.

내가 무엇인가를 할 때, 남이 어떻게 생각할까보다는

내 스스로 어떤지 생각해야 한다.

타인의 시선으로부터 자유로워지고 내 안에 침잠해야 한다.

그것이 일상에서 멀어지는 것이다.

일상에서 멀어진다는 것은 관계로부터 자유로워진다는 것이다.

우리는 살아가면서

나보다는 관계와 조직을 더 우선시할 때가 있다.

그렇지만 그것이 속박이 되어서는 안 된다.

관계와 조직은 내 자신이 살아있을 때

의미가 있고 존재하는 것이다.

내 자신을 상실해 간다는 생각이 들면

관계와 조직에 집착하지 말고 자유로워져야 한다.

그것이 일상에서 멀어지는 것이다.

[129]

동일한 현상을 두고 보는 관점에 따라

완전히 다른 견해를 갖는 것을 일상에서 어렵지 않게 본다.

그 견해에 따라 행동하는 양식은 더더욱 다르게 나타난다.

무엇이 옳고 그른지는 알 수 없으나

일상에서 일관된 형태를 보일 수 있는 가치관은 매우 중요하다.

일관된 가치관과 그에 따라 행동하는 것.

그것이 일상에서 멀어지는 것이다.

일상에서의 괴로움은 상당수가 욕심에서 비롯된다.

욕심을 부리지 않았으면 생기지 않았을 일들이

꼬리에 꼬리를 물고 이어진다.

그것이 끝나갈 즈음에는 또 다른 욕심이 똬리를 틀고

일상을 괴롭힌다.

일상에서 욕심을 버리는 것.

그것이 일상에서 멀어지는 것이다.

일상이 힘든데 괜찮은 척, 아닌 척 하면서 살지 마라.

본인은 물론이려니와

그 모습을 보면서 주변 사람들도 위로를 받는 것이 아니고

더 힘들어한다.

일상을 힘들어하는 사람은 많다.

다들 안 괜찮아도 살아간다.

일상이 힘들 땐 표현을 하고 살아도 된다.

그것이 일상에서 멀어지는 것이다.

132

'왜 나만, 왜 나한테만 이런 일이 일어나는가?'라는 생각이

일상에서 문득문득 들 때가 있다.

나한테만 특별히 그런 일이 일어나는 것이 아니고

많은 사람이 그런 생각을 하며 일상을 살아간다.

나만 재수가 없는 것이 아니고 그 역시 일상의 과정일 뿐이다.

나만 재수가 없다고 생각하지 않는 것.

그것이 일상에서 멀어지는 것이다.

133

간편식과 인스턴트 위주의 식사에서

가끔은 나를 위해 맛있는 집밥을 직접 요리하여 식사를 해보는 것.

그것이 일상에서 멀어지는 것이다.

일상에서 벗어나는 것을 '일탈'이라는 말을 쓰기도 한다.

일탈은 "정하여진 영역 또는 본디의 목적이나 길,

사상, 규범, 조직 따위로부터 빠져 벗어난다"는 뜻이다.

사전적 정의처럼 거창한 해석이 아니더라도

일탈은 그저 일상에서 잠깐 벗어나보는 것이다.

그리하면 새로운 것이 보인다.

그것이 일상에서 멀어지는 것이다.

옛말에 "내 눈의 대들보는 보지 못하고 남의 눈의 티끌만 본다."

라는 말이 있다.

이는 자신에게 관대하면서 남에게는 엄격한 자세를

경계하라는 말이다.

일상에서는 타인에게 관대하고 스스로에게 겸손해야 한다.

그래야 삶의 올바른 판단과 태도가 나온다.

스스로 돌아보며 겸손하게 살아가는 것.

그것이 일상에서 멀어지는 것이다.

(136)

타인이 잘되는 것을 시기하고 질투할 것이 아니다.

타인이 잘되는 것과 나의 비루함을 비교할 일은 더더욱 아니다.

오직 뚜벅뚜벅 나의 일상을 살아가면 될 일이다.

그것이 일상에서 멀어지는 것이다.

(137)

부모님에게 일상에서 얼마나 안부를 묻고 사는가...

정작 중요한 것을 놓친 채 나의 일상은 흘러간다.

지금 부모님께 안부를 전하자.

그것이 일상에서 멀어지는 것이다.

138

남의 불행이 나의 행복일까?

'나도 당했으니 너도 당해봐라'라는 생각이 좋은 것인가?

나만을 위한 일상도, 남의 불행이 나의 행복이 되는 일상에서도

벗어나야 한다.

그것이 일상에서 멀어지는 것이다.

139

볼일이 생겨서 동트기 전 이른 새벽에 첫차를 타고 나섰다.

생각보다 훨씬 많은 사람이 그 새벽을 살고 있었다.

나의 게으른 일상이 부끄러워지는 순간이었다.

새로운 경험과 충격,

그것이 일상에서 멀어지는 것이다.

아침에 눈을 뜨면서부터 '오늘도 파이팅!' 하고 시작한다.

하루를 정리할 때는 '오늘 하루도 열심히 살았구나.' 하며

'오늘도 수고했어.'라고 자신을 다독이지만

허전함과 피곤함은 어쩔 수가 없다.

가끔은 여유를 가지고 대충 살아보는 것도 괜찮다.

그것이 일상에서 멀어지는 것이다.

바닥이나 침대에서 몸이 안 떨어질 때가 있다.

바닥과 몸이 물아일체((物我一體)가 되어

아무것도 하고 싶지 않을 때가 있다.

격하게 아무것도 하고 싶지 않을 때가 있다.

하지 마라.

한 호흡 쉬어가는 것도 괜찮다.

그것이 일상에서 멀어지는 것이다.

우리는 살면서 편안함을 추구하고,

그러기 위해서 애를 쓰고 산다.

그러다 보면 힘이 들어가고 삶이 힘들어지기도 한다.

좀 불안해도 괜찮다.

그것을 받아들이면 마음이 훨씬 더 편해지고

삶이 거칠어지지도 않는다.

그것이 일상에서 멀어지는 것이다.

143

매일 출근하던 길을 가지 않고 다른 길을 선택해서 출근하다

차가 꽉 막혔다.

순간, '그냥 매일 출근하던 길로 가지, 무슨 좋은 일이 있다고

새로운 길을 선택했나?' 하는 자책을 한다.

괜찮다.

길 한 번 막혔다고 큰일 나지 않는다.

시간이 지나면 기억도 나지 않는 순간이다.

매일 같은 길이 아닌 다른 길을 선택했을 때 받았던 즐거움들이

안 좋은 기억 한 번으로 상쇄되는 것은 안타까운 일이다.

매일 가던 길에서 가끔 벗어나서 다른 길을 가보는 것.

그것이 일상에서 멀어지는 것이다.

일상이 흘러가지 않고

답답하고 멈춰 있다는 생각이 들 때가 있다.

그때는 떠나라.

그것이 일상에서 멀어지는 것이다.

상원사에 갔다. 가는 길도 아름답고 사찰도 아름답다.

아침부터 움직인 탓에 피곤해서

나무 그늘에 차를 세우고 차 문을 열어 두고 잠이 들었다.

기분 좋은 바람, 기분 좋은 휴식.

정해진 일정, 목적지에서 살짝 벗어난 잠깐의 꿀맛 같은 휴식.

그것이 일상에서 멀어지는 것이다.

나는 일상에서
멀어지기로 했다

어떤 일이든, 사람 관계든 익숙해져서

그냥 늘 하던 대로 하는 경우가 많다.

일종의 루틴의 의무감 같은 것이다.

일이나 사람 관계를 처음 시작할 때,

어떤 마음이었는지 잊어버리는 경우가 많다.

기본으로 돌아가 보는 것.

처음으로 돌아가 보는 것.

그것이 일상에서 멀어지는 것이다.

일상이 항상 순조롭고 행복하기만 한가?

우리는 일상이 그러하기를 바라면서 매일 같은 일상을 반복한다.

마치 거기에서 벗어나면 큰일이라도 나는 것처럼.

누구나 일상이 평이하게 흘러가길 바라지만

일상은 늘 순탄치만은 않다.

원래 일상이란 것이 엉망진창 뒤죽박죽인지도 모른다.

그렇다면, 매일같이 반복되는 일상에

가끔씩 변주를 줘보는 것도 좋다.

그것이 일상에서 멀어지는 것이다.

어떤 일을 할 때, 누구나 성공하고 싶어 한다.

그러나 일을 할 때마다 성공할 수는 없다.

오히려 성공보다 실패하는 경우가 더 많다.

일을 하다 보면 실패할 수도 있다.

그러면 좀 어떤가?

실패하면 또 실패하더라도 두려워 말고 좀 다른 방식으로

다시 하면 된다.

그것이 일상에서 멀어지는 것이다.

149

일상에서 모든 사람에게 좋은 사람일 필요가 있는가?

모든 사람에게 좋은 사람이 아니면 좀 어떤가?

굳이 나와 맞지 않은 사람과 좋게 지내려고 무리할 필요가 없다.

사람에 따라 적당한 거리를 두는 것.

그것이 일상에서 멀어지는 것이다.

답답한 마음에 갑자기 차를 몰고 가다 안동에 간 적이 있다.

병산서원을 찾았는데

마치 기다렸다는 듯 푸근한 기운이 감돌며

마음이 위로가 되었다.

병산서원의 새벽을 보고 싶은 욕심에

동네 어르신께 재워주기를 청했다.

그 댁 식구들과 저녁을 같이하는데 어르신께서 한마디 하신다.

"뭐 볼끼 있다고 여기까지 왔나."

맛있는 저녁과 따뜻한 잠자리로 충분했다.

아름다운 병산서원은 덤이었다.

떠나고 싶을 땐 떠나자.

그것이 일상에서 멀어지는 것이다.

일상에서 불운이 행운이 되는 경험을 종종 한다.

내가 계획대로 하려고 했는데

그렇게 되지 못했을 때 불운하다고 한다.

그 불운으로 인해 오히려 좋은 결과가 나오면

행운이라고 한다.

그렇다.

늘 계획한 대로만 한다고 해서 결과가 다 좋은 것은 아니다.

계획과 다른 결과도 나오는 것.

그것이 일상에서 멀어지는 것이다.

완벽함이란 것이 과연 존재할까?

왜 우리는 완벽하기 위해 시간과 정성을 갈아 넣으며

일상을 살아가고 있나?

가장 완벽해야 할 우주에 대해서

스티븐 호킹(Stephen William Hawking)은

"우주의 기본적인 법칙 중 하나는 그 어떤 것도 완벽하지

않은 것"이라고 말한다.

완벽하려고 애쓸 일이 아니다.

그것이 일상에서 멀어지는 것이다.

10년 전 43일간의 묵언 끝에 에세이를 출간했다.

그 이후에 그렇게 장기간 묵언은 못했지만

하루나 며칠 정도의 묵언은 간간이 했었다.

그때마다 일상에 쉼이 있었고 여유가 생겼다.

매일같이 하고 사는 말을 잠시 쉬어보는 것.

그것이 일상에서 멀어지는 것이다.

바로 집 근처에 있는 장소인데 존재감은 알고 있었지만

내 관심 분야가 아니어서 늘 지나치기만 했다.

그러다 우연한 기회에 들르게 되었는데 상상 이상이었다.

가까운 곳에 이런 공간이 있었다니..

일상에서의 무관심을 탓할 정도의 좋은 경험이었다.

내 주변에 관심을 갖고 알아가는 것.

그것이 일상에서 멀어지는 것이다.

'내가 잘한다'와 '나만 잘한다'는 다르다.

'내가 옳다'와 '나만 옳다'는 것 역시 다르다.

나만 잘한다와 나만 옳다는 생각은 위험하다.

특히, 나만 옳다는 생각은

일상에서 타인을 해할 수가 있어서 경계해야 한다.

나만 옳다는 생각에서 벗어나는 것.

그것이 일상에서 멀어지는 것이다.

계절의 변화는 매번 느끼는 것이지만 그때마다 신기하기만 하다.

더위가 절대 안 갈 것 같아도 어느덧 서늘한 바람이 불고

맹추위가 계속 될 것 같아도 어느덧 따스한 봄바람이 분다.

우리 인생도 마찬가지다.

좋은 일이든 안 좋은 일이든 평생 갈 것 같아도

어느덧 서늘한 바람이 불거나 따스한 바람이 분다.

계절의 변화를 느끼듯이 일상의 변화도 느끼며 살아보는 것.

그것이 일상에서 멀어지는 것이다.

일본의 유후인(由布院)이라는 온천 마을에서

노부부가 운영하는 커피숍에 가본 적이 있다.

사람도, 커피도, 분위기도

커피숍에서 노부부의 일상은 느리게 흘러가고 있었다.

일상을 느리게 살아보는 것.

그것이 일상에서 멀어지는 것이다.

낚시를 하다 보면 같은 자리에서 하는데도

어떤 사람은 많이 잡고 어떤 사람은 잡지를 못한다.

실력 탓도 있고 자리 탓도 있고 그러하겠지만

낚시를 대하는 태도가 중요하다.

낚시 결과에 상관없이 낚시를 어떻게 즐기는가이다.

낚싯대를 펴 놓고 앉아서 강태공이 되어본다.

아름다운 석양을 보고 바람을 느끼고

좋은 친구와 함께 음악을 듣는다.

결과에 얽매이지 않는 일상을 살아보는 것.

그것이 일상에서 멀어지는 것이다.

일상의 상처는 가깝게 있는 좋은 사람으로부터 치유를 받는다.

주위를 둘러보자.

가까운 사람이 힘들어하고 있다면 긴말 필요 없다.

시간 내서 조금이라도 같이 있어주어야 한다.

일상의 상처를 치유받기도 하고 해주기도 하는 것.

그것이 일상에서 멀어지는 것이다.

일상에서 열심히 일을 하고 결과물도 매우 좋을 때가 있다.

주위에서도 인정받고

본인 스스로도 대견스러울 때가 있다.

그때는 무엇인가 스스로에게 선물을 주어야 한다.

스스로를 칭찬하고 선물을 주는 것.

그것이 일상에서 멀어지는 것이다.

열심히 산다는 것은 무엇이고, 어떤 의미가 있는 것일까?

제한된 인생에서 열심히만 살다가 흙으로 돌아갈 일인가?

일상을 열심히 산다는 것에 대해 생각해 볼 일이다.

"열심히 사는 것보다 잘사는 것이 중요하다"는 말도 있지만

제한된 삶을 가치 있게 살아보는 것.

그것이 일상에서 멀어지는 것이다.

나는 일상에서
멀어지기로 했다

누구나 일상에서 아픔 하나쯤은 가지고 산다.

아픔의 크고 작음을 비교한다는 것은 의미 없는 일이다.

저마다 처한 상황이 다르기 때문이다.

누군가 말하지 않고 힘들어한다면

모른 체하다 어렵게 얘기를 꺼내면 들어주면 된다.

말을 하는 것보다 들어주는 것.

그것이 일상에서 멀어지는 것이다.

일상은 지나고 보면 자책과 자괴감의 연속이었다.

남에게는 한없이 너그러웠으면서도

내 자신에게는 너무 엄격했던 것 같다.

내 스스로에게 괜찮다는

위로와 따스함이 가장 필요했었는데도 말이다.

남이 아닌 내 자신을 가장 너그럽게 인정해 주는 것.

그것이 일상에서 멀어지는 것이다.

우리는 같은 시대, 같은 세계에서 일상을 살아가지만

한편으로는 전혀 다른 세계에서 살고 있다.

내가 지금 살고 있는 세계 이외의 다른 세계는 알지 못하고 산다.

그래서 새로운 세계를 보게 되는

여행의 의미가 크게 다가오는 것 같다.

내가 지금 살고 있는 일상이 전부는 아니다.

내가 익숙한 세계가 아닌 다른 세계를 경험해 보는 것.

그것이 일상에서 멀어지는 것이다.

나이가 들다 보면 깜박깜박하는 경우가 많다.

그래서 나이가 들어갈수록 평소 살던 속도대로

일상을 살면 안 된다.

속도를 늦춰 나의 변화에 맞게 조절해 가면서

일상을 살아야 한다.

누구나 나이는 들어간다.

나이에 맞게 적절히 속도를 맞춰 일상을 살아가는 것.

그것이 일상에서 멀어지는 것이다.

일을 하다 보면 잘 풀릴 때가 있고 풀리지 않을 때가 있다.

일이 잘 풀리지 않을 때는 너무 조급해할 것 없다.

나중에 보면, 될 일은 되고 안 될 일은 안 된다.

무리하다 보면 일이 되고 나서도 문제가 생겨

일이 더 꼬이는 경우가 많다.

이러든 저러든 시간은 가고 조급해하던 시간 역시 지나간다.

일상에서 조급해하지 않는 것.

그것이 일상에서 멀어지는 것이다.

167

살다 보면 일상에서 어떤 일이든 일어날 수 있다.

그때마다 일희일비(一喜一悲)하지 말고

일상을 대범하게 살아야 한다.

일상을 대범하게 사는 것.

그것이 일상에서 멀어지는 것이다.

168

휴대폰에 얼굴을 파묻고

무선 이어폰으로 귀를 막고

앞만 보며 달려가는 일상에서,

석양을 보고 새소리를 듣고

천천히 걸으면서 사색에 빠져보는 것.

그것이 일상에서 멀어지는 것이다.

아침이 오고 하루가 시작되면서 경쟁의 일상이 시작된다.

좀 더 빨리 가려 하고 좀 더 편안하게 있으려 하고

좀 더 칭찬을 받으려 한다.

본능이다.

현대인의 본능.

그럼에도 불구하고 일상에서 경쟁의 본능과 멀어져보는 것.

그것이 일상에서 멀어지는 것이다.

주객(主客)이 전도(顚倒)되는 경험을 일상에서 제법 많이 한다.

여행 가서는 풍경이나 여유를 즐기기보다는

일정에 쫓겨 사진만 남기는 경우가 많고

쉬려고 했다가도 쉬지는 못하고

쉬기 위해 계속 뭔가를 하다가 정작 쉬지 못한다.

어떤 일이든지 무엇 때문에 시작했는가 생각하며

주객이 전도되지 않도록 일상을 사는 것.

그것이 일상에서 멀어지는 것이다.

'당신은 어떤 일상을 꿈꾸나요?'

이 질문에 대한 대답이 생각나지 않거나

대답이 떠오르는데 한숨도 같이 나온다면

일상에서 질문에 대한 대답을 찾고,

대답을 실행할 생각도 해보아야 한다.

꿈꾸는 일상이 있는 것.

그것이 일상에서 멀어지는 것이다.

172

하루하루의 일상이 이어져 인생이 되는 것인데,

어느 순간 이렇게 힘들게 살 일인가 싶을 때가 있다.

일상이 힘들다고 생각이 들 때, 잠시 쉬어가는 것.

그것이 일상에서 멀어지는 것이다.

173

우리는 저마다 삶의 무게를 갖고 살아간다.

어쩌면 그 삶의 무게 때문에 일상이 재생되는지도 모르겠다.

반복 재생되는 일상으로는 삶의 무게를 견뎌내기가 쉽지 않다.

삶의 무게에 짓눌리기보다 그 무게를 극복하기 위해

재충전하면서 일상을 살아가는 것.

그것이 일상에서 멀어지는 것이다.

인생에서 영원한 것이 있는가?

영원한 것이 없는데 우리의 일상은 언제나 아등바등이다.

어차피 유한한 인생인데 아등바등 살 것이 아니라

일상을 유연하게 살아볼 일이다.

일상을 말랑말랑 유연하게 살아보는 것.

그것이 일상에서 멀어지는 것이다.

나는 일상에서
멀어지기로 했다

아무리 자신을 합리화시키는 데 익숙해졌다 하더라도

살아온 삶을 돌아보면

너무 급하게 살아왔다는 것은 부정할 수가 없다.

나 혼자만의 삶이 아니라

나로 인해 내 주변도 덩달아 급해진 것 같다.

나와 내 주변의 더 나은 삶을 위해,

급함보다는 조금의 여유를 가지고 일상을 살아보는 것.

그것이 일상에서 멀어지는 것이다.

바람에 흩날리는 강아지풀을 보면서 추억을 떠올리고

아침에 까치 소리를 들으면서 기분이 좋아지고

지하철 타러 내려갔는데

바로 지하철이 들어와서 행운이라 생각하고

신호등이 계속해서 녹색등이 켜지는 것을 보며 기뻐하는 것.

일상에서 소소한 기쁨을 누리는 것.

그것이 일상에서 멀어지는 것이다.

오늘을 사는 사람들의 일상은 모두가 휴대폰을 고파 한다.

하루 종일 휴대폰을 들여다보며 산다.

문득 '휴대폰이 없었을 때는 어떻게 살았을까?' 하는

생각이 들었다.

휴대폰에서 눈을 떼고 잠시 주위를 둘러보는 것.

그것이 일상에서 멀어지는 것이다.

SNS 중독.

무엇을 먹든, 어디를 가든

일상을 사람들에게 보여주기 바쁘다.

심지어는 나와 가족의 일상마저 보여주는 데 바쁘다.

그것이 진짜 일상일까?

보여주기 위한 일상보다는 진짜 나의 일상을 사는 것.

그것이 일상에서 멀어지는 것이다.

무례하다는 것은

보통은 젊은 사람에게 적용되었던 단어였던 것 같다.

그러나 요즘엔 무례하다는 말이 젊은이들보다는

나이 먹은 사람들에게 더 잘 적용되는 것 같다.

특히나 공중도덕이 필요한 곳에서는 더더욱 그러하다.

사람 많은 제한된 공간에서 크게 소리를 내며

'유튜브(YouTube)'를 보거나

통화를 떠들썩하게 하는 나이든 사람들의 모습은

일상에서 어렵지 않게 볼 수 있다.

대중교통의 임산부 석에도 대상이 아님에도 불구하고

앉아있는 사람들을 보면

대개는 나이 많은 사람들이다.

일부의 어른들이겠지만 부끄러운 일이다.

그런데 더 부끄러운 것은

그런 행위를 하는 사람들은 부끄러움을 모른다는 것이다.

일상에서 무례함을 범하지 않는 것.

그것이 일상에서 멀어지는 것이다.

일상에서 무엇인가 하고 싶다면 지금 해야 한다.

시작이 반이다.

해보고 싶은 것을 해보는 것.

그것이 일상에서 멀어지는 것이다.

일상을 산다는 것은 본질적으로

나를 위한 생각과 행동의 연속이다.

달리 얘기하면 이기적인 일상의 연속이라고도 할 수 있다.

이기적인 것이 꼭 나쁜 것만은 아니다.

자기 자신을 위하는 것.

자기 자신을 사랑하는 것도 매우 중요하기 때문이다.

그럼에도 가끔은 이타적인 일상을 살아보는 것.

그것이 일상에서 멀어지는 것이다.

일상은 개개인으로 보면 유사하지만

전체로 보면 모두가 각각 다른 일상을 살고 있다.

유사하든 그렇지 않든 나만의 일상을 잘 사는 것.

그것이 일상에서 멀어지는 것이다.

우리의 일상은 돌아보면 경쟁의 연속이다.

어딘가를 갈 때 쫓기듯이 걷고

대화를 할 때도 중요하지 않은 것임에도 불구하고

기어이 이기려 든다.

전혀 모르는 사람과도 아주 사소한 것으로 경쟁을 한다.

나만의 스텝(Step)으로 일상을 살아가는 것.

그것이 일상에서 멀어지는 것이다.

일상에서 내 뜻대로 안 되거나

나에게 조금이라도 피해가 오거나

주변 상황이 내 생각보다 미치지 못하면

불만 섞인 말을 읊조리는 경우가 많다.

내 자신이든 타인이든 내 생각과 같지 않을 수 있다.

일상에서 생각의 여유를 가져보는 것.

그것이 일상에서 멀어지는 것이다.

주위의 생각이나 환경은 무시하고

내 중심으로 분위기를 만들고 내 뜻대로 결정하려는 사람을

일상에서 많이 본다.

그런 경우, 그 사람을 제외하고 주변 사람은 불편함을 느낀다.

그런데 정작 당사자는 그것을 모른다.

왜냐하면 말을 섞기 피곤하니까 주위에서 양보하여

본인의 생각대로 분위기가 되거나 의사결정이 되기 때문이다.

나이와 상관없이 그것이 꼰대다.

그러한 일상이 반복되고 길어지면

그 사람 주위엔 사람이 없어지고 외로운 꼰대만 남는다.

일상의 꼰대에서 멀어지는 것.

그것이 일상에서 멀어지는 것이다.

가끔 뉴스나 SNS에 누군가를 도와줬거나 목숨을 구해줬다는

가슴 뭉클한 기사나 사연이 올라오면

모두의 즐거움처럼 많은 사람이 감동하고 좋아한다.

꼭 뉴스에 나올 정도로 큰일이 아니더라도

일상에서 누군가를 도와주는 것.

그것이 일상에서 멀어지는 것이다.

자신의 주장을 드러낼 때,

보통은 비판이나 비난하는 것으로 자기 견해를 드러내든지

아니면 침묵한다.

비판이나 침묵에는 익숙하고 칭찬에는 참 인색한 일상이다.

나에게든 남에게든 일상에서 칭찬해 보는 것.

그것이 일상에서 멀어지는 것이다.

상황이나 사람에 따라

일상에서 말이나 행동이 달라지는 사람이 있다.

같은 사람을 대상으로도

앞에서 하는 말과 뒤에서 하는 말이 다른 경우도 종종 본다.

이 같은 행위는 의도와 상관없이 사람 관계를 해치고

자신도 해친다.

일상에서 앞과 뒤가 같은 사람이 되어야 한다.

겉과 속이 같은 일상을 사는 것.

그것이 일상에서 멀어지는 것이다.

매일이 똑같은 하루 같지만 뻔한 하루는 없다.

우리의 일상이 되는 어제와 오늘, 그리고 내일은

이미 다르기 때문이다.

그렇게 일상은 점점 우리와 멀어지고 있다.

하루하루 일상에서 멀어짐을 느끼며 사는 것.

그것이 일상에서 멀어지는 것이다.

우리의 일상은 늘 해가 쨍쨍한 맑은 날만 있는 것은 아니다.

비도 오고 흐리기도 하고 눈도 온다. 때론 태풍이 불기도 한다.

매일같이 맑기만 하다면 좋을 것 같아도

가뭄으로 생명이 고통을 받았을 것이다.

변화무쌍한 날씨에도 자연의 섭리가 있다.

우리네 일상도 변화무쌍한 자연의 섭리와 닮아있다.

비도 오고 눈도 오는 일상을 인정하고 이해하며 사는 것.

그것이 일상에서 멀어지는 것이다.

우리는 주로 일상에서 마침표와 느낌표 위주의

마치는 말을 많이 사용한다.

정리와 대답에 익숙해져 있고 편하기 때문이다.

일상에 질문을 던져보자.

물음표로 일상을 살아보는 것.

그것이 일상에서 멀어지는 것이다.

반드시 꽃이 봄에 피어야만 하는 것은 아니다.

여름에 피는 꽃도 있고 가을에 피는 꽃도 있고

심지어 겨울에 피는 꽃도 있다.

다 때가 있고 때에 맞춰 필 때 아름다운 것이다.

봄이라고 억지로 꽃을 피우게 할 일이 아니다.

일상을 자연스럽게 사는 것.

그것이 일상에서 멀어지는 것이다.

웬만하면 그냥 쓱쓱 넘기며 일상을 살아야 한다.

그래야 앞으로 나갈 힘을 얻을 수 있다.

사소한 것에 너무 집착하고 과몰입하다 보면

앞으로 나가는 동력을 상실할 수 있다.

웬만한 것은 쓰윽 넘기며 일상을 사는 것.

그것이 일상에서 멀어지는 것이다.

지금은 좀 부족한 듯하지만 충분하다고 생각하며

일상을 살아야 한다.

그래야 스스로 자존감도 높아지고 자신감이 생긴다.

부족한 것을 채우려 하면

끊임없이 자기 스스로를 괴롭히는 일이 될 수 있다.

부족하지만 충분하다고 생각하며 일상을 사는 것.

그것이 일상에서 멀어지는 것이다.

언제나 내 편인 사람이 있다.

어떤 경우라도 일상에서 무조건 내 편이 되어주는 사람이 있다.

언제나 내 편인 사람이라고 할 때, 떠오른 사람이 있다면

그 사람에게 잘해야 한다.

당연하다 생각할 수 있지만 당연한 것은 없다.

영원하다 생각할 수 있지만 영원한 것은 없다.

일상에서 내 편에게 잘하는 것.

그것이 일상에서 멀어지는 것이다.

196

실존주의 철학자 장 폴 사르트르(Jean-Paul Sartre)는

이렇게 말한다.

"존재하는 것은 행동하는 것이다.(To be is to do.)"

오늘을 살아가는 우리에게 일상은 행동이다.

존재의 의미이다.

그래서 일상을 야무지게 살아야 한다.

그것이 일상에서 멀어지는 것이다.

사람 관계에서도 역시 단순함이 좋다.

일상도 단순한 것이 좋다.

관계를 리셋(Reset) 해서 일상을 단순화해 보는 것.

그것이 일상에서 멀어지는 것이다.

욕심이 있을 때와 없을 때는 천지차이인 것 같다.

잘하던 일도 욕심이 더해지면 과하게 되고

일을 그르치는 경우가 많다.

무엇을 하든지 욕심으로부터 자유로워질 일이다.

욕심으로부터 일상이 자유로워지는 것.

그것이 일상에서 멀어지는 것이다.

199

지나간 시간이 후회가 될 때가 있다.

오늘을 사는 이 순간도 지나고 나면

어제가 되고 흘러간 시간이 된다.

지나간 시간을 후회하기보다는

지나고 나면 어제가 되는 오늘을 더 잘 살아야 한다.

오늘의 일상을 잘 사는 것.

그것이 일상에서 멀어지는 것이다.

익숙한 일상에서 우연한 경험은

그 자체로 참신하기도 하지만 새로운 활력소가 된다.

그것을 바탕으로 상상력과 창의력이 솟아나기도 한다.

일상에서 우연한 경험을 하는 것.

그것이 일상에서 멀어지는 것이다.

가끔 일상에서 멀어지기 위해 여행을 계획하여 가고는 한다.

여행을 가기 위해 계획을 열심히 세우고

여행을 가서는 그 계획을 실행하느라 바쁘게 다닌다.

그렇게 되면 여행 또한 일상에서 멀어짐이 아니라 일상이 되고 만다.

온전한 여행과 쉼.

그것이 일상에서 멀어지는 것이다.

끝이라는 것이 있을까?

끝난 것 같지만 다시 새롭게 일상이 시작되는 경우가 많다.

"끝날때까지 끝난 게 아니다. 아직 모른다"라는 말처럼

"끝날때까지 끝난 게 아니다"라는 생각으로 일상을 사는 것.

그것이 일상에서 멀어지는 것이다.

부처님은 "사해(四海) 가운데 삶을 가장 큰 고해(苦海)"라고 했다.

이것은 고통을 직시하고 그로부터 벗어나 참된 행복에 이르는

길(해탈)을 찾으라는 깊은 가르침이다.

일상의 고통을 직시하고 고통으로부터 자유로워지는 것.

그것이 일상에서 멀어지는 것이다.

식사할 때, 일 얘기를 하는 사람이 많다.

식사할 때는 음식에 관해 얘기하면서

먹는 것에 집중하는 것이 좋다.

식사 자리에서 식사와 관계없는 말을 많이 해서

자신을 부각시키려 하기보다는

식사에 집중하는 태도를 갖는 것이 훨씬 중요하다.

자리든 사람이든 본질에 충실하며 일상을 사는 것.

그것이 일상에서 멀어지는 것이다.

술을 좋아하지 않는 사람에게 술을 강권하는 경우나

노래 부르는 것을 좋아하지 않는 사람에게 노래 부르는 것을

강권하는 경우를 종종 본다.

그런 경우를 당한 사람이 난처해하는 모습 또한 어렵지 않게 본다.

물론 악의적인 감정이 아니라

분위기를 함께하고 싶은 마음에 권한 것일지라도

상대에 대한 배려와 존중이 고려되어야 한다.

존중이 관계를 만들기 때문이다.

존중하며 일상을 사는 것.

그것이 일상에서 멀어지는 것이다.

"나이 먹을수록 입은 닫고 지갑은 열라"는 말이 있다.

꼭 나이 먹어서가 아니라, 부자여서가 아니라,

말보다는 태도가 중요함을 강조한 말일 것이다.

관계에서 말을 많이 하기보다는

태도에 신경을 더 써야 하는 이유다.

입은 닫고 지갑은 열며 일상을 사는 것.

그것이 일상에서 멀어지는 것이다.

여름바다 하면 백사장에 파라솔, 수많은 사람을 떠올린다.

겨울바다 하면 삭막함과 황량함, 그 어디쯤을 떠올린다.

겨울의 해운대는 나의 고정관념을 깨기에 충분했다.

그곳에는 나의 예상과 달리 고즈넉한 분위기와 따스함이 있었다.

일상에서 고정관념을 깨는 것.

그것이 일상에서 멀어지는 것이다.

인생이 꼭 직진만 있는 것은 아니다.

우회전, 좌회전도 있고

심지어 유턴도 있다.

죽어라 살 일이 아니고

여유를 좀 가질 일이다.

일상에서 유턴도 생각해 보는 것.

그것이 일상에서 멀어지는 것이다.

결국에는

주어진 하루하루를, 일상을 꿋꿋하고 성실하게 살아가는 것.

하루하루가 기뻐도, 슬퍼도, 아무 일 없어도,

내일을 살아가야 하는 것.

그래서 밥을 먹어야 하고 성실하게 삶을 살아가야만 하는 것.

꿋꿋하게 일상을 살아가는 것.

그것이 일상에서 멀어지는 것이다.

3장

멀어진
일상에서의 하루

감사한 하루,
널어신 일싱에시의 히루다

따스한 아침 햇살,

고요하고 아름다운 풍경,

맛있는 커피 한잔,

좋은 음악.

더 말할 것 없는 평온한 일상이다.

평온한 하루

멀어진 일상에서의 하루다.

일상에서 늘 이용하던 식당을 가다가

새로운 식당에서 새로운 맛을 찾았다.

새로운 맛, 그 자체로 하루가 맛있다.

맛있는 하루.

멀어진 일상에서의 하루다.

일상에서 늘 입던 옷 대신에 새로 산 옷을 입고

평소와는 완전히 다른 착장을 하고 나서 보았다.

거기에서 오는 자신감이란..

새로운 멋, 그 자체로 하루가 멋있다.

멋있는 하루.

멀어진 일상에서의 하루다.

일상에서 늘 출근하던 길 대신에 다른 길을 선택해 보았다.

늘 가까이에 있었던 것인데

이런 길이 있었다니..

새로운 사람, 새로운 간판, 새로운 동네, 그저 신기할 뿐이다.

새로운 길, 그 자체로 하루가 신선하다.

신선한 하루.

멀어진 일상에서의 하루다.

눈이 왔다.

어느새 오대산 월정사에 있었다.

전나무 숲을 걷고 있었다.

그저 눈이 왔을 뿐인데..

새로 온 눈, 그 자체로 하루가 상쾌하다.

상쾌한 하루.

멀어진 일상에서의 하루다.

지친 하루였다.

혼자 있고 싶었다.

퇴근길에 동네 식당에 들어가서 혼자 소주를 한잔 했다.

소주 한잔에, 그 자체로 하루가 풀린다.

풀리는 하루.

멀어진 일상에서의 하루다.

(216)

모처럼 쉬는 날, 느긋하게 일어나서 커피 한잔을 마신다.

TV를 켜니 전쟁 폭격으로 많은 사람이 죽었다는 장면이 나온다.

같은 시간을 살아가는데 삶과 죽음이 이렇게 다를 수 있다니..

'나의 절박함이 아무것도 아닐 수도 있겠구나'라는 생각이 들었다.

그 자체로 하루가 감사하다.

감사한 하루.

멀어진 일상에서의 하루다.

노트르담(Notre Dame) 대성당에 들어갔는데

하염없이 눈물이 나왔다.

아무 이유도 없이 눈물이 쏟아져 내렸다.

기둥을 붙잡고 한참을 울었다.

속이 시원해졌다.

속이 시원한 하루.

멀어진 일상에서의 하루다.

문득 친구에게 보고 싶다는 톡을 보냈다.

한국에서의 생활을 접고

튀르키예(Türkiye)에서 8년째 생활하고 있는 친구가

한마디 한다.

"언제든지 와라."

새로운 초대, 그 자체로 하루가 힘이 난다.

힘이 나는 하루.

멀어진 일상에서의 하루다.

내가 지금 사라진다고 해도 세상은 아무 일 없이 돌아간다.

내가 아니면 안 될 것 같아도 내가 없어도 된다.

내 일에 너무 집착하지 말고 살아야 하는 이유다.

일에 대한 집착에서 벗어나

내 스스로를 찾아본다.

새로운 자신의 발견, 그 자체로 하루가 진지하다.

진지한 하루.

멀어진 일상에서의 하루다.

스페인의 네르하(Nerja)에 '유럽의 발코니'라 부르는 곳이 있다.

그곳의 석양은 무척 아름다운데,

그곳에서 석양을 보며 한 해를 보낸 적이 있다.

해가 지는 순간, 주위가 조용해지며 각자 소원을 빌고 있었다.

각자의 소원들이 석양과 함께

아름다운 유럽의 발코니를 물들이고 있었다.

소원을 비는 하루.

멀어진 일상에서의 하루다.

떠나고 싶었다.

주저 없이 떠났다.

계획은 나중이다.

그 길의 끝에 무엇이 있든 좋았다.

떠나는 하루.

멀어진 일상에서의 하루다.

해가 지면 달이 뜨고

달이 기울면 해가 다시 뜨고

일상의 반복은 날이 새고 지고의 연속이기도 하다.

그 사이에 있는 석양과 여명을 느껴본다.

일상에서의 여유다.

여유 있는 하루.

멀어진 일상에서의 하루다.

살다 보면 그토록 바라던 일이 이루어지는 날이 있다.

믿기지 않은 행운이 찾아올 때도 있다.

그저 꿈만 같은 하루를 살 때가 있다.

꿈 같은 하루.

멀어진 일상에서의 하루다.

나는 일상에서
멀어지기로 했다

친한 친구들이 나이 먹고도 자존심 때문인지 관계가 틀어졌다.

둘 다 관계를 잘 맺고 있는 나로서는 여간 고역이 아니다.

불편했지만 그동안의 관계가 있으니까

시간이 해결해 줄 것이라 믿고 기다렸다.

현명한 선택이었다.

슬기로운 하루.

멀어진 일상에서의 하루다.

프랑스에 갔을 때 포도밭을 운영하고 있는

어느 고성(古城)에 머문 적이 있다.

동틀 무렵 산책을 나갔다.

'구름 위의 산책'이라는 영화가 떠올랐다.

새벽 안개와 드넓은 포도밭.

고요한 포도밭의 새벽 산책은

표현하기 어려울 정도의 황홀함이었다.

황홀한 하루.

멀어진 일상에서의 하루다.

가을 아침,

목적 없이 슬슬 돌아본 대학로, 오랜만이다.

예쁜 가게도 많고 극장도 여전하다.

사라지고 생겨나고 세월의 부침은 있어도

대학로는 여전히 재밌다.

재밌는 하루.

멀어진 일상에서의 하루다.

모처럼 반가운 사람들과 만나서 신나게 얘기하며 보냈다.

언제 이렇게 얘기를 많이 한 적이 있을까 싶었다.

주로 듣는 쪽이었지만 듣는 것도 재미있었다.

뾰족한 창과 방패 없이

좋은 사람들을 만나서 부담 없이 떠들 수 있다는 것만으로도

좋은 하루였다.

부담 없이 떠드는 하루,

멀어진 일상에서의 하루다.

하루 일을 마치고 혼자서 온전히 쉼을 가진다.

아무 생각도, 아무것도 하지 않는다.

그저 가만히 쉰다.

오늘 무슨 일이 있었는지는 이미 중요하지 않다.

아니, 잊어버렸다.

온전한 쉼이 있는 하루,

멀어진 일상에서의 하루다.

나는 두려움 에서 멀어지기로

나는 회사 에서 멀어지기로

나는 뱃살 에서 멀어지기로 했다

나는 타인의 시선 에서

나는 학원 에서 멀어지기로 했다

나는 너 에게서 멀어지기

나는 외로움 에서 멀어지기로 했다

했다

나의 일상기록

나는 상사 에게서 멀어지기로

어지기로 했다

나는 핸드폰 에서 멀어지기로 했다

했다

나는 공부 에서 멀어지기로 했다

나는 [　　　　] 에서

멀어지기로 했다.

나는 [　　　　] 에서
멀어지기로 했다.

나는 □ 에서
멀어지기로 했다.

나는 [   ]에서

멀어지기로 했다.

나는 [   ]에서

멀어지기로 했다.

나는 [   ]에서

멀어지기로 했다.

나는 [   ]에서

멀어지기로 했다.

나는 　　　　　에서
멀어지기로 했다.

나는 [ ]에서
멀어지기로 했다.

나는 ☐ 에서
멀어지기로 했다.

나는 ☐ 에서
멀어지기로 했다.

나는 [　　　　]에서

멀어지기로 했다.

나는 □□□□ 에서
멀어지기로 했다.

나는 　　　　에서
멀어지기로 했다.

나는 일상에서 멀어지기로 했다

초판 1쇄 발행	2026년 2월 20일
지은이	편석환
펴낸이	신민식
펴낸곳	가디언
출판등록	제2010-000113호
주소	서울시 마포구 토정로 222 한국출판콘텐츠센터 419호
전화	02-332-4103
팩스	02-332-4111
이메일	gadian7@naver.com
CD	허남희
마케팅	남유미
디자인	미래출판기획
종이	월드페이퍼(주)
인쇄 제본	(주)상지사P&B
ISBN	979-11-6778-182-6 (03810)

* 책값은 뒤표지에 적혀 있습니다.

* 잘못 만들어진 책은 구입하신 서점에서 바꾸어 드립니다.

* 이 책의 전부 또는 일부 내용을 재사용하려면 사전에 가디언의 동의를 받아야 합니다.